POËME

DIDACTIQUE

REPRÉSENTANT

LA VILLE, LES ÉTABLISSEMENTS ET LES ENVIRONS

DE

MULHAUSEN

SUIVI DE NOTES HISTORIQUES

DÉDIÉ

à Messieurs les Fabricans

par leur très-humble et très-obéissant serviteur

LE GENDRE (Louis-Désiré),

ANCIEN SOUS-OFFICIER DE HUSSARDS.

Le bonheur des Français dépend de l'industrie,
Elle seule soutient et sauve la patrie.

A MULHAUSEN,

IMPRIMERIE DE JEAN RISLER ET COMP,

1820.

AVERTISSEMENT.

JE n'ai pu résister au désir de représenter, en vers,
l'industrie, la ville et les environs de Mulhausen.
Pour traiter ce sujet, il m'aurait fallu des talens
supérieurs ; ne les ayant pas, j'ai fait preuve de
courage. Je passe dans tous les établissemens et
je donne succinctement un détail exact de ce
qui m'a paru digne d'être relaté. Je place
Messieurs les Fabricans dans le rang qu'ils doivent occuper ; c'est-à-dire, que sans flatterie, ils
sont les protecteurs et les bienfaiteurs de la
classe ouvrière. Je les regarde comme formant
la première branche de l'industrie française. Je
les admire, par cequ'ils surpassent les autres na-
tions, et que par leurs nobles travaux ils enri-
chissent la France. Enfin, je peins autant que
possible, ce qui peut donner à l'étranger une
idée des industrieux Alsaciens.

Mes intentions en composant ce poëme, ont été de
rendre un juste hommage au mérite. Je souhaiterois
que des hommes célèbres s'emparassent de mon
sujet, et qu'ils le rendissent plus digne d'être
présenté.

J'aurois desiré ardemment faire entrer dans
mon tableau tous les noms de Messieurs les
chefs d'établissemens ; c'est avec le plus grand
regret que j'ai été forcé d'abandonner ce projet.
Tous ces Messieurs concourent, par leurs immenses et brillans travaux, à illustrer la France, et
tous méritent que leurs noms soient transmis à
la postérité.

J'ose espérer qu'on verra avec plaisir que
dans 226 vers, lus ou répétés en huit ou neuf
minutes, on y trouve une forte partie de ce
qui se fait ou peut se faire, dans une fabrique,
depuis le point du jour jusqu'à la nuit.

OBSERVATIONS.

J'ai employé autant que possible le nom de Mulhausen, qui s'écrit de
cette manière en allemand; mais j'observe au lecteur, que les Français
disent et écrivent Mulhouse, qui m'a paru plus coulant dans quelques
vers.

Les numéros des notes étant les mêmes que ceux des vers, il sera
plus facile d'avoir de justes explications. C'est ce motif qui me les a fait
conserver.

MULHAUSEN.

POËME.

1 Pour chanter Mulhausen un Dieu puissant m'inspire.
2 Muse, seconde-moi: je vais prendre la lyre;
3 Fais que nos Fabricans, pour la première fois,
4 Daignent prêter l'oreille aux accens de ma voix.
5 Élève noblement leur active industrie,
6 Illustre par mes chants les hommes de génie.
7 Que nos rians tableaux captivent l'Alsacien;
8 Sous sa protection, Muse, ne craignons rien.
9 Près d'un riche *coteau*, l'étranger dans la plaine,
10 De loin voit s'élever Mulhouse en souveraine.
11 *Vingt Fabriques* au moins attirent ses regards,
12 Et ses sens sont émus à l'aspect des beaux arts.
13 Semblables aux volcans, les feux des *Filatures*
14 Viennent se joindre à ceux de nos Manufactures.
15 En tourbillons épais ils montent dans les airs;
16 Les fixant, on diroit qu'ils sortent des enfers.
17 D'un coup-d'œil parcourant toutes les *blancheries*,
18 On ne peut se lasser d'admirer leurs *prairies*.
19 Au lys éblouissant, un rouge d'incarnat,
20 De nos vives couleurs sait augmenter l'éclat.
21 En sortant du *Sauvage*, ou quittant la *Couronne*,
22 Tout ravit l'étranger, le transporte, et l'étonne.
23 Ses regards sont frappés d'un vaste *bâtiment*,
24 Gothique, en carré long, et peint entièrement.
25 Son front majestueux s'élève dans la nue,

26 Emblêmes en dehors arrêtent notre vue.
27 Archives, Tribunaux sont dans l'intérieur :
28 Là, le MAIRE y remplit son poste avec honneur.
29 Pour ses concitoyens il fait tout avec zéle,
30 De l'honnête homme enfin KOECHLIN est le modéle.
31 En portant sur la place un regard curieux,
32 *Un temple protestant* vient s'offrir à nos yeux.
33 Un dôme que surmonte une flêche dorée,
34 Se repose d'aplomb sur une tour carrée.
35 Dans cet asile saint des *ministres* zélés
36 Prêchent, et du Très-Haut paraissent inspirés.
37 Leurs bienfaisantes mains secourent l'indigence;
38 Aux austéres vertus ils forment l'innocence.
39 Dans un *temple* moins grand, n'ayant qu'un seul autel,
40 Plus loin le Catholique adore l'Éternel.
41 Son généreux pasteur pour le pauvre est un pére,
42 Tendre et compatissant, on l'aime, on le révère.
43 Découvrant le mérite et devant le montrer,
44 Nommons donc hardiment le modeste BERGER.
45 Pour entrer obtenons de lui le privilège;
46 D'être quelques instans au centre *du collège.*
47 De près considérons de nombreux auditeurs,
48 S'empressant d'écouter de *savans professeurs.*
49 Désirant acquérir d'utiles connaissances,
50 Ardamment on les voit cultiver les sciences.
51 Dans la *Lancastrienne* un jeune adolescent
52 D'un doigt fait l'alphabet sur un sable mouvant.
53 L'art est dans les signaux, seuls ils se font entendre;
54 De sages *moniteurs* sont prompts à les comprendre.
55 Cuirs vernis et crayons remplacent le papier,
56 Et sans cesse en haleine on maintient l'écolier.
57 Tout marche, tout se meut, tout se change en mesure,
58 Et souvent en trois mois on passe à l'écriture.
59 Au centre de MULHOUSE un *asile pieux*

60 Entretient et reçoit un vieillard malheureux.
61 D'un cœur dénaturé, pour prévenir le crime,
62 Là, d'un amour honteux on admet la victime.
63 On l'élève, on l'instruit, on en prend mille soins,
64 Et l'on fournit encore à ses urgens besoins.
65 Si quelqu'infortuné n'ayant plus d'existence,
66 Rongé par les chagrins, marche vers la démence,
67 Dans ce lieu de secours le plaçant vivement,
68 On a pour son état l'égard le plus touchant.
69 On le soigne, on le veille, et malgré sa folie,
70 Des efforts redoublés lui conservent la vie.
71 Avides de tout voir, Muse, sans arrêter,
72 Les établissemens nous devons visiter.
73 Commençons des Koechlins par la *Manufacture*,
74 Admirons en passant leur belle *Filature*.
75 Promenons l'étranger dans son intérieur,
76 Là, quarante métiers marchent par *la vapeur*.
77 Dans un enfoncement montrons lui *le tissage*,
78 Delà conduisons le visiter *le placage*.
79 Entrons, présentons-nous chez les *dessinateurs*;
80 Plus loin considérons un essaim de *graveurs*.
81 Le burin en relief sous leur main prompte et sûre,
82 Grave une fleur, un fruit, une riche bordure.
83 Là des *peintres fameux* donnent de nouveaux plans,
84 Tous étant de concert, font briller leurs talens.
85 Sous leurs légers pinçeaux renaît notre industrie;
86 Le plomb devenant or, enrichit la patrie.
87 A l'œil observateur *six corps de bâtimens*
88 Du centre de la cour nous paraissent charmans.
89 Trois étages refaits ont quatre cents croisées;
90 Au levant, au couchant, elles sont exposées.
91 Enfin sans se gêner on peut dans leur largeur
92 Rassembler ce qu'il faut pour un seul imprimeur.
93 Un autre bâtiment compose l'étendage;

94 Tous ses planchers percés ne forment qu'un grillage.
95 Des cylindres à feu qu'on peut nommer fourneaux,
96 Sont chauffés au besoin à rougir les tuyaux.
97 Dans le *laboratoire* un savant *coloriste*
98 Unit à ses talens ceux d'un fameux chimiste.
99 Travaillant les couleurs avec attention,
100 Par son ordre on en fait la distribution.
101 Dix cuves d'indigo se voient dans *le cuvage;*
102 De ce lieu nous montrons notre salle *d'huilage.*
103 Sur trente ais étagés changeant *d'appartement,*
104 Milles planches au moins vont et viennent souvent.
105 Leurs numéros en main, les imprimeurs arrivent,
106 Deux servants lestement leurs dessins leur délivrent.
107 Entrés dans la *calandre,* on y voit *l'enroulage.*
108 Du manège couvert nous touchons au *pilage.*
109 Un seul coursier suffit en lui bandant les yeux,
110 Pour les deux ateliers qui marchent en ces lieux.
111 *Trois cylindres* tournant rendent la pièce unie,
112 La lustrent par dégrés, et quand elle est finie,
113 Un homme s'en saisit, il imprime à l'instant,
114 Outre les numéros, le nom du Fabricant.
115 Près d'un large Pactole on y voit *le grillage.*
116 Des pompes, des fourneaux, sont auprès d'un *cuvage.*
117 A côté sont les draps, les brosses, les chassis,
118 Que doivent nettoyer de jeunes apprentifs.
119 Cent tables sur deux rangs sont dans *l'imprimerie,*
120 Des deux sexes on voit chaque salle remplie.
121 Un chef ingénieux travaille sans repos,
122 A ne faire imprimer que des dessins nouveaux.
123 Il surveille par tout le genre et l'industrie.
124 Dans l'établissement il maintient l'harmonie.
125 Une planche à la main, un habile imprimeur
126 Frappe, et légèrement imprime la couleur.
127 Les yeux sont éblouis des pièces suspendues.

128 Ce séjour enchanteur paraît des avenues.
129 Tout captive nos sens, étonne et nous ravit,
130 De chef-d'œuvre en chef-d'œuvre un amateur nous suit.
131 Sur des schals ou foulards, imitant la nature,
132 De ravissans bouquets sont faits pour la parure.
133 Là ce sexe charmant qui sait tout embellir,
134 De nos riches dessins ne sait lequel choisir.
135 Devant un jour couvrir une taille élégante,
136 Sur l'indienne on voit *l'abeille vigilante*,
137 Où le dieu des bergers cherchant dans les roseaux,
138 La cruelle lyrinx se cachant sous les eaux.
139 Quand tout est façonné dès qu'une main légère
140 A pour une beauté saisi la mode entière.
141 Qui peut en l'admirant résister à l'amour ?
142 Lui seul nous fait savoir quel est le goût du jour.
143 Il guide nos pinçeaux, il nous sert de modèle,
144 Sous nos vives couleurs la nymphe est toujours belle.
145 Plus haut *des rouge-turc* variant les dessins,
146 On les imprime en noir dans les premières mains.
147 Apart pour les sécher l'ordre est de les suspendre ;
148 Secs, pour la cuve blanche, un cocher vient les prendre,
149 Comptés et par le char qui marche le matin
150 A notre *blancherie* on les porte soudain.
151 Chez nous si de sortir un étranger retarde,
152 Un de nous le conduit visiter *la mansarde.*
153 Sur JEAN HOFER d'abord arrêtant ses regards ;
154 Il se croit transporté dans un temple des arts.
155 DOLLFUS-MIEG et GROSJEAN, par leurs belles fabriques,
156 Paraîssent à ses yeux être deux républiques.
157 La vapeur remplaçant le fort courant de l'eau ;
158 Elle seule chez eux fait marcher le *Rouleau.*
159 Trois cents pièces se font quand on est en haleine.
160 Mais nous, MUSE, sortons de *la cour de Lorraine.*
161 Visitons BLECH FRIES, DOLLFUS-HUGUENIN, HEILMANN,

162   Schwarz Lischy, Thierry-Mieg, König, Kohler et Mantz.
163   Leurs noms et leurs bienfaits survivront à l'histoire,
164   Et nos cœurs sont pour eux un temple de mémoire.
165   De ces lieux enchanteurs aux fabriques de draps,
166   Muse, rapidement ôsons porter nos pas.
167   Chez Mathieu Mieg, et Graf, notre course finie,
168   De Dollfus Baumgartner admirons l'industrie.
169   Voyons Michel Spoerlin, et de huit Fabricans,
170   Promptement parcourons les établissemens.
171   De leurs draps superfins regardons la *tissure*,
172   De près examinons l'effet de la *tonture*.
173   Brûlant de contempler leurs immenses travaux,
174   Revenons aux toisons qui couvraient nos troupeaux.
175   Pour pouvoir s'en parer, que d'apprêts, que de peines;
176   C'est un rude métier que d'employer les laines.
177   Heureux si le débit donnait aux Fabricans
178   Les moyens d'exercer leurs précieux talens.
179   Réparant les malheurs *un bureau d'assurance*
180   Sauve un incendié de l'affreuse indigence.
181   Le sage Heilmann connu par son activité,
182   Surveille l'intérêt de la Société.
183   Si des feux destructeurs dépouillent leurs victimes,
184   De nouveaux bâtimens ressortent des abîmes.
185   Désirant contenter nos avides regards,
186   Courons chez Engelmann visiter les beaux arts.
187   Au grand jour nous devons mettre son industrie.
188   Rendons un juste hommage à sa *Lithographie*.
189   Des vainqueurs de l'Europe admirons les hauts faits,
190   Pour les représenter ses crayons sont français.
191   Il remet sous nos yeux les fils de la victoire,
192   Affrontant les dangers pour voler à la gloire.
193   On voit au champ d'honneur de valeureux soldats
194   Crier: *Le Français meurt et ne se rendra pas!*
195   Intrépides guerriers, enfans de la patrie,

196 Vos fronts cicatrisés bravent la calomnie.
197 A l'ombre des lauriers jouissez de la paix,
198 *Rappellez-vous toujours que vous êtes Français!*
199 Oubliez vos malheurs, oubliez les injures,
200 Ne servant plus, venez dans nos manufactures.
201 Voulant de MULHAUSEN voir les beaux environs,
202 Par la porte de *Basle* aussitôt nous sortons.
203 *Platanes, marroniers*, forment une avenue,
204 Près de *trois cents jardins* viennent frapper la vue.
205 Vers le fameux *Canal* nous dirigeons nos pas,
206 De vingt-mille Espagnols il occupa les bras.
207 Ces bords sont quelquefois fréquentés par le sage.
208 Montés aux *Tannenwald*, peignons un paysage.
209 Delà nous jouissons d'un spectacle imposant,
210 Autour de MULHAUSEN tout nous paraît charmant.
211 Au loin nous découvrons de fertiles campagnes,
212 Les deux *rives du Rhin, deux chaînes de montagnes.*
213 RIXHEIM, SOULZ, GUEBWILLER, CERNAY, THANN, MASSEVAUX,
214 WESSERLING, LOGELBACH, MUNSTER et des hameaux:
215 Trente établissemens embellissent la plaine,
216 Et l'Alsace leur doit son rang de souveraine.
217 Quand les feux de l'aurore éclairent nos sentiers,
218 Nous les voyons couverts de *manufacturiers.*
219 Pour eux chaque fabrique est une bonne mère,
220 Qui leur donne *deux fois* dans un mois leur salaire.
221 ALSACIENS, qui suivez le véritable honneur,
222 Du commerce, des arts, maintenez la grandeur.
223 Redoublez vos efforts, soutenez l'industrie,
224 Par vos nobles travaux illustrez la patrie.
225 Espérez qu'en vainqueurs, *les Fabricans français*
226 Culbuteront un jour *les orgueilleux Anglais.*

F I N.

NOTES.

DE 5 à 8. Pour prévenir le lecteur, que plus Français que poëte, j'ai besoin de son indulgence et de sa protection.

9 et 10. Mulhausen n'est point la plus forte ville de l'Alsace, mais le commerce la rend brillante, et ses industrieux habitans sont très-renommés. Sa population est forte à peu-près de 8000 ames.

11 et 12. Une légère idée de l'impression que fait Mulhausen sur un étranger.

De 13 à 16. La filature de Messieurs Dollfus-Mieg et Comp. à Dornach, et celle de Messieurs Köchlin, frères, dans l'intérieur de la ville, y compris la cheminée à vapeur de MM. Schlumberger, Grosjean et Comp.

De 17 à 20. La vue des blancheries et l'effet des prairies quand elles sont couvertes de fonds blancs, de lapis et de rouge d'Andrinople.

21 et 22. Le *Sauvage* et la *Couronne* sont les hôtels les plus renommés de Mulhausen. On y voit sans cesse un grand nombre de voyageurs.

Par le Sauvage j'entends aussi le beau café qui est à côté de la poste.

De 23 à 27. L'Hôtel-de-ville fut brûlé le 31 Janvier 1551, rebâti sur les mêmes fondemens et dans la même forme l'an 1553. Dans son intérieur sont les archives, la Mairie, le Tribunal de commerce et la Justice-de-paix.

Mr. Clavé, Juge-de-paix, joint à de profondes connaissances toutes les vertus qui font révérer un ami de Thémis. Mr. Kannengiesser, connu par ses talens, est son greffier.

De 28 à 30. Ce que pensent tous les habitans de Mr Jacques Köchlin, chevalier de l'ordre royal de la légion d'honneur et Maire de cette ville. Sa probité, sa modestie, sa douceur et son humanité sont au-dessus de tout éloge.

De 31 à 34. Le temple protestant existait avant 1230; il était alors servi par les chevaliers de l'ordre teutonique. En 1217 un chanoine de Strasbourg en était le recteur.

De 35 à 38. Messieurs les ministres protestans, Risler, Graf, Joseph, et pour le culte français Monsieur Feer, se distinguent par leurs vertus, leur modestie et leur éloquence.

Mr. Mathias Graf vient de publier une chronique très-curieuse sur Mulhausen et ses environs.

39. Était un couvent de cordeliers. En 1802 on le donna aux Catholiques, qui en firent un temple.

4o et 42. Ce qu'on pense de Monsieur Stählin, curé de l'église catholique.

De 43 à 5o. Une légère idée du Collège sous la direction de Monsieur Berger, savant très-estimé, auteur du Porte-feuille géographique et de l'art de modeler en carton et en papier. Là se distingue fortement Mr Bernard, professeur des mathématiques, et pour les langues anciennes et modernes se distinguent aussi MM. Wal et Eckart.

De 51 à 58. Un petit tableau de l'école mutuelle, tenue par Monsieur Kullmann, qui fait de bons élèves.

Maintenant, par économie, dans chaque Lancastrienne des cuirs vernis remplacent les ardoises.

De 59 à 70. Une légère idée de l'hospice établi l'an 153o. Les administrateurs qui le dirigent, sont: M^r le Maire, président; Mr Mathias Thierry, vice-président, négociant; Mr Jean Heilmann, ainé, fabricant de bas; Messieurs Jean König et Jacques Heilmann-Vetter, administrateurs et manufacturiers de toiles peintes; Mr Nicolas Klippel, docteur en medecine; Mr Sandherr, notaire, secrétaire.

Là M. Bentzinger, candidat en théologie et précepteur des orphelins, se distingue constamment en enseignant à ses élèves une morale épurée et les beautés de leur religion.

De 71 à 76. Le superbe établissement de M. Köchlin et frères, n'étant pas encore en pleine activité, je l'ai supposé fini. C'est dans son intérieur que je conduis l'étranger. Là, je prends le détail d'une fabrique, surtout la filature est magnifique; chaque métier a 33o broches.

77. Ordinairement chaque filature ayant un tissage, je l'ai supposé en activité.

78. Atelier où les pièces pour le rouge d'Andrinople sont engalées et mordancées.

De 79 à 86. De bons graveurs, de bons dessinateurs, soutenus par un fameux coloriste, sont l'ame d'une fabrique.

De 87 à 92. Sont les bàtimens composant la belle et vaste fabrique de Messieurs Köchlin et frères.

De 93 à 96. Un bàtiment autant que possible séparé des autres, dans lequel on suspend les pièces huilées.

De 97 à 100. Sans un savant coloriste on ne fait rien de bon; de lui dépend la réussite ou la chûte d'une fabrique; à ses talens il doit joindre la chimie.

101. Dans les cuves d'indigo, au moyen de taquets, on y teint les lapis.

102. Salle où le rouge d'Andrinople reçoit la première préparation.

De 103 à 106. La salle où les planches gravées sont placées par numéros d'ordre.

107. Enrouler les pièces, c'est les mettre sur un rouleau pour les cylindrer.

108. Atelier où se pilent les drogues au moyen d'une mécanique.

De 111 à 114. De trois cylindres deux sont en carton, celui du milieu est en fonte, serrés l'un sur l'autre, et tournant ensemble, ils préparent la pièce pour qu'elle soit imprimée.

115. Dans le grillage est un demi-cylindre à feu; quand il est rouge, on passe en-dessus les pièces vivement, pour griller le duvet et les fils inutiles.

De 116 à 118. Ce petit cuvage sert à laver en hiver les draps sur lesquels on a imprimé; là se lavent encore les brosses et les chassis.

119 et 120. Les deux sexes travaillant dans une même salle, sont séparés pour conserver l'ordre et la décence. Le côté droit est pour les hommes, et le gauche pour les femmes.

De 121 à 135. Un tableau fidèle de ce qu'un étranger éprouve en entrant dans les salles.

136. L'abeille vigilante représente MM. les Fabricans, qui jamais ne sont en repos.

De 137 à 144. Je m'adresse aux jolies femmes, qui viennent par curiosité dans nos établissemens. Sans elles, plus de commerce; nos fabriques leur sont redevables de leurs richesses. Aimant à paraître et à contenter leurs caprices, elles font briller le Fabricant et vivre une immense population. Leurs goûts sont étudiés, saisis et peints par nos fameux dessinateurs; et l'amour même entre pour quelque chose dans la fabrication, en inspirant au beau sexe le désir d'avoir de nouvelles robes ou de nouveaux schals.

De 145 à 150. La manière de travailler le rouge d'Andrinople.

151 et 152. Dans une mansarde on y suspend les pièces sorties de l'imprimerie. Souvent, par son élévation, elle remplace un observatoire, duquel on peut découvrir Mulhausen en entier et ses environs.

153 et 154. Le bel établissement de MM. Jean Hofer et compagnie, où j'ai eu l'honneur d'être employé une

année comme surveillant. Je dois à cette fabrique presque tous les détails de lafabrication.

De 155 à 156. Le superbe et colossal établissement de MM. Dollfus-Mieg et Comp. à Dornach, près Mulhausen.

La charmante fabrique de MM. Schlumberger, Grosjean et Comp. près de la porte jeune.

De 157 à 159. Maintenant la plus forte partie des établissemens français marchent par la vapeur. Sa force est calculée sur un nombre de chevaux de 1 à 40, et plus si l'on veut.

Chez MM. Dollfus-Mieg et Comp. et chez MM. Schlumberger et Grosjean on imprime au rouleau. Les rouleaux sont en similor; sur eux, au moyen d'un poinçon, on grave légèrement de jolies petites fleurs. Le dessin ne devant plus servir, on fait disparaître ce qui est gravé, on repolit le rouleau, et on le regrave autant de fois que le Fabricant veut avoir un nouveau dessin.

Au moyen d'une merveilleuse mécanique, les pièces enroulées par dix sont disposées à recevoir l'impression. Au signal convenu, tout marche ou tout s'arrête avec une facilité surprenante. Il est utile d'observer que de cette manière on ne peut imprimer sur un fond uni qu'une seule couleur.

Je me rappelle avec plaisir d'avoir vu dans le superbe établissement de MM. Haussmann, frères, à Colmar, imprimer vivement plus de soixante pièces devant mes yeux. Si les rouleaux marchaient sans discontinuer, le beau sexe ne suffirait pas pour user nos indiennes.

Je dois à MM. Haussmann de Colmar, vrais Français et Fabricans très-distingués, l'idée de mon poëme. C'est chez eux que j'ai vu travailler, pour la première fois, les toiles peintes, imprimer sur la laine, et représenter sur la soie les glorieuses actions des braves de l'ancienne armée.

160. Charmés d'avoir parcouru le fameux et magnifique établissement de MM. Köchlin, frères, l'étranger, ma muse et moi, nous faisons nos adieux à l'ancienne cour de Lorraine.

De 161 à 162. Sont les superbes établissemens de MM. Dollfus-Mieg et Comp. Nicolas Köchlin et frères, Schlumberger Grosjean et Comp. Jean Hofer et Comp. Schwartz Lischy et Comp. Huguenin l'ainé, Heilmann frères et Cᵉ, Schlumberger König et Comp. Kohler et Mantz ; Blech Fries et Comp. Thierry-Mieg, Reber-Mieg et Comp. Gaspard Dollfus-Huguenin et Comp. et Risler et Köchlin.

163 et 164. Ce qu'un bon Français doit penser de MM. les Fabricans.

De 165 à 178. Sont les belles fabriques de draps de MM. Dollfus Baumgartner et Cᵉ, Mathieu Mieg et fils, auteur de la chronique de la ville de Mulhausen; Michel Spörlin, Spörlin Risler et Comp. Graf et Comp.

De 179 à 185. Une légère peinture de la respectable Société d'assurance. Heureux l'homme qui vit dans un siècle éclairé ! Honneur aux génies qui ont conçu le plan de former un établissement, qui les immortalisent ! — Le bureau d'assurance est dirigé par Mr Heilmann, homme d'honneur et laborieux.

De 186 à 198. Une légère idée de la Lithographie dirigée par MM. Engelmann et Thierry, qui se distinguent fortement en représentant les immortels haut-faits de l'ancienne armée.

199 et 200. Un conseil que je donne aux anciens militaires congédiés. En général, Messieurs les Fabricans employent de préférence les anciens serviteurs dans leurs établissemens.

De 205 à 207. Le canal commencé en l'an 1810, joint le Rhin au Rhône, maintenant abandonné. Si on le finissait, Mulhausen triplerait son industrie.

De 208 à 216. Le Tannenwald; de jolis bosquets naturels et de beaux pins qui s'élèvent majestueusement sur un riche coteau qui domine Mulhausen. Delà on découvre une forte partie de la Haute-Alsace. Les deux chaînes sont les montagnes badoises et les Vosges.

Rixheim, Jean Zuber et C. fabricans de papiers peints, qui ont reçu plusieurs prix à différentes expositions. *Soulz*, une forte fabrique de rubans. *Guebwiller*, Ziegler, Greuter et Comp., Nicolas Schlumberger et Comp. *Cernay*, Lehr Wilz et Comp., J. J. Zürcher et Comp. *Thann*, Robert Bovet et Comp., Liebach Scherrer et Comp. *Massevaux*, La filature de MM. Köchlin et frères. *Wesserling*, Gros Davillier Roman et Comp. *Logelbach*, la superbe fabrique de MM. Haussmann frères. *Munster*, le fameux établissement de MM. Hartmann frères.

L'Alsace fertile en grands hommes, doit se rappeler avec plaisir que M^r. Michel Haussmann, presque octogénaire, a été le premier Fabricant qui a su réunir à la fabrication les talens supérieurs de la chimie.

221 et 226. On ne sait que trop bien que quelques mauvais Français sont portés à élever les marchandises anglaises au dernier degré de supériorité, remplis de préjugés. Loin d'aimer, d'honorer leur patrie, et d'encourager les beaux arts, ils se plaisent au contraire à décrier nos productions; ils ne peuvent se figurer que nous soyons capables de penser, d'inventer et de fabriquer comme les habitans de la grande Bretagne.

Honneur aux Fabricans français ! Ils soutiennent eux-mêmes l'industrie ; ils font de pénibles sacrifices pour la gloire nationale. Vainqueurs et supérieurs par leurs procédés, ils déclarent une guerre implacable aux ennemis du continent, s'emparant de toutes les branches du commerce; ils chassent les fiers Anglais de la terre-ferme, et s'immortalisant par leurs brillantes productions, la France leur doit son bonheur, sa richesse et sa tranquillité.